D'après la série littéraire *Tara Duncan* de Sophie Audouin-Mamikonian,
publiée aux éditions du Seuil et Flammarion.
Une adaptation de Thomas Mariani,
d'après l'épisode *Robin des Elfes* écrit par Maud Loisillier et Diane Morel.

© 2010 Moonscoop / DQ Entertainment International.
Avec la participation de M6.

© 2011 Éditions du Seuil-Flammarion
ISBN : 978-2-08-125269-1
Loi n° 49-956 du 16 juillet 1949 sur les publications destinées à la jeunesse.

Conception graphique : Frédérique Deviller - Mise en pages : Raphaël Hadid

TARA DUNCAN

Robin des Elfes

Seuil

Flammarion

TARA DUNCAN

et l'équipe Alpha

TARA DUNCAN
Première de l'équipe Alpha

Tara a dix-sept ans. Elle est la petite-fille d'Isabella Duncan, sortcelière réputée, avec qui elle vit depuis que sa mère a disparu.

Elle est étudiante.

Jets de magie De couleur bleue.
Familier Galant, un Pégase haut de deux mètres et équipé de serres rétractiles.
Cristal portatif et Pierre Vivante

CALIBAN DAL SALAN,
dit Cal
Deuxième de l'équipe Alpha

Cal a dix-huit ans. Fils d'une famille de Voleurs Patentés, il est malin ; farceur, il est le roi des gadgets. Il travaille dans un vidéoclub.

Jets de magie De couleur or.
Familier Blondin, un renard.
Cristal portatif Doté de rayons X permettant de voir à travers les murs.

GLORIA DAAVIL,
dite Moineau
Troisième de l'équipe Alpha

Moineau a dix-sept ans. Elle est l'arrière-arrière-arrière-arrière-petite-fille de la Belle et la Bête. Elle peut se transformer en monstre de trois mètres de haut. Elle travaille dans une animalerie.

Jets de magie De couleur rose.
Familier Sheeba, une panthère argentée.
Cristal portatif Connecté aux intelligences artificielles d'AutreMonde.

L'univers de
TARA DUNCAN

LA PLANÈTE AUTREMONDE

Située dans la galaxie du Pégase, la planète magique AutreMonde est composée de royaumes et d'Empires dirigés par des sorceliers qui sont dotés de pouvoirs magiques. Il en existe de différentes espèces : elfes, dragons, Harpies, loups-garous, sirènes, Salterens, tritons, Vampyrs, zombies…

Les Semchanach sont des sorceliers renégats qui ont renié les lois d'AutreMonde et qui viennent sur Terre pour voler des richesses ou des pouvoirs qui n'existent pas sur AutreMonde.

Les Guetteurs sont chargés de chasser les Semchanach. Le chef des Guetteurs et gardien de la Terre est le dragon bleu Chemnashaovirodaintrachivu, dit «Maître Chem».

SUR TERRE

D'AutreMonde, on accède à la Terre par une porte de transfert. Sur Terre vivent les Nonsos, les humains «non sortceliers» à qui il faut cacher l'existence de la magie.

L'équipe Alpha –composée de Tara, Cal et Moineau – est sur Terre pour chasser et capturer les Semchanach. Ils vivent tous les trois à Rosemond dans un manoir avec leurs familiers, ainsi que Isabella Duncan, la grand-mère de Tara, et Manitou, son arrière-grand-père transformé en chien.

Contrairement à Cal et à Moineau, qui sont AutreMondiens, Tara a été élevée sur Terre et ne maîtrise pas très bien ses pouvoirs, tellement ceux-ci sont puissants.

Chapitre 1

Un visiteur surprise !

Tara est la première au rebond et se saisit du ballon de basket. Elle feinte à droite et dribble par la gauche, prenant son adversaire à contre-pied. Le temps qu'il revienne à sa hauteur, elle a tout le temps de se retourner, de viser… et de marquer.

— Panier ! se réjouit la jeune fille.

— Trois points ! Bravo ! s'écrie Jordan Cristov.

Son frère Jérémy ramasse le ballon en maugréant.

— Une petite baisse de régime, Jérémy ? demande Tara dans un grand éclat de rire, malgré son souffle court.

— Ne te réjouis pas trop vite, petite, la défie Jérémy. Prête pour bloquer une attaque en un contre deux. Jordan ?

— Avec plaisir ! s'écrie son frère jumeau en le rejoignant sur le terrain.

Aïe ! Seule contre les frères Cristov, les petits génies de Rosemond au basket-ball, voilà un beau challenge, même si, du haut de ses dix-sept ans, elle a l'habitude de relever des défis autrement plus grands, et surtout beaucoup plus… dangereux.

Elle réajuste le bandeau antisueur qui lui barre le front et qui retient sa longue chevelure blonde. Seule cette curieuse mèche blanche,

qu'elle possède depuis la naissance, échappe à l'emprise du bandeau et danse devant ses yeux. Dans un geste qu'elle répète des centaines de fois chaque jour, elle enroule cette mèche rebelle autour de son oreille, puis fléchit les jambes. Elle est prête, concentrée comme jamais.

Jérémy s'élance en dribblant vers le panier. Tara se décale aussitôt pour ralentir sa progression dans l'espoir d'intercepter la passe qu'il fera à son frère. Elle aperçoit du coin de l'œil Jordan qui change de position et vient se mettre derrière elle. C'est l'instant qu'attendait Jérémy pour envoyer le ballon entre les jambes de la jeune fille. Tara pivote pour le rattraper, mais Jordan est plus rapide et d'une petite tape, il dévie la sphère orange vers son frère qui la récupère. Il ne reste à Jérémy qu'à bondir jusqu'au panier pour claquer un « dunk » retentissant.

Tara ne peut qu'applaudir la démonstration de force des jumeaux Cristov.

— Vous êtes imbattables, les frangins ! dit-elle en ramassant le ballon.

Le poignet de la jeune fille se met à vibrer. Il s'agit d'une sorte de montre constituée d'une pierre polie comme un cristal. Un témoin rouge y clignote.

Oh, oh ! Fini de jouer, se dit Tara. *Cal et Moineau ont besoin de moi !*

Car Tara Duncan n'est pas seulement une étudiante de Rosemond High douée pour le basket. Elle est avant tout une sortcelière, une personne douée de magie. Un pouvoir qu'elle partage avec deux amis, Cal et Moineau. Tous les trois forment la redoutable équipe Alpha, une des meilleures cellules secrètes d'intervention de Guetteurs actuellement sur Terre.

— Je suis désolée, lance-t-elle aux jumeaux en leur rendant le ballon. Je dois vite aller me changer, j'avais oublié un… un rendez-vous urgent.

Tara regagne les vestiaires. Jordan et Jérémy se regardent en haussant les épaules. Tara a toujours « un rendez-vous » à n'importe quelle heure de la journée. Un vrai courant d'air, cette fille !

Ils reprennent leur entraînement sur le terrain maintenant désert. Du moins en apparence. Tapie dans l'ombre, une silhouette dissimulée par un lourd manteau à capuche les observe. Lorsque ce sortcelier renégat a décidé de suivre Tara Duncan afin de l'observer et d'estimer sa puissance, il n'imaginait pas être récompensé aussi vite…

— La force athlétique de ces deux Nonsos est exactement ce dont j'ai besoin, se réjouit le Semchanach. Donnez-moi votre force, vous deux ! Par le Derobus !

La magie fuse de ses mains et frappe Jérémy et Jordan, sans défense.

À l'autre bout de la ville, le reste de l'équipe Alpha, composé du Voleur Patenté, Caliban dal Salan, dit Cal, et de la sortcelière Gloria

Daavil, dite Moineau, a fort à faire avec un autre Semchanach, ailé celui-ci, venu faire un peu de tourisme sur Terre au mépris des lois de sa planète d'origine, AutreMonde. Telle est la mission des Guetteurs : traquer et arrêter ces renégats qui menacent de révéler la réalité de la magie aux Terriens, que les sortceliers appellent aussi « Nonsos », les non sortceliers.

— Par le Levitus ! crie Cal.

Une magie dorée illumine ses mains et s'élance contre cette créature qui vient de s'engager dans une impasse. Le jet de magie percute une grosse caisse vide qui se retourne sur la fugitive, l'emprisonnant un court moment.

— Tara aurait déjà dû nous rejoindre, fait remarquer le garçon aux cheveux bruns, un petit coup de pouce de sa part ne serait pas de trop.

— C'est juste une Harpie, minimise Moineau en montrant la caisse qui bouge dans tous les sens. Par le Miniaturus !

La magie de Moineau arbore une belle couleur rose-violet, mais la caisse évite l'attaque. C'est toute une palette de transport qui se retrouve de la taille d'un jouet.

— Oups ! dit Moineau.

— Juste une Harpie, hein ? relève Cal. Laisse faire le spécialiste !

Le jeune sortcelier s'élance vers la caisse, armant un Assommus. Mais le sort n'a pas le temps d'être lancé. La caisse explose et le souffle propulse Cal dans un tas de vieilles poubelles. La Harpie profite de l'effet de surprise pour fondre à tire-d'aile sur Moineau, toutes griffes en avant.

Une flèche fend l'air et cloue la Harpie par son vêtement contre la palissade en bois. Aussitôt la flèche se transforme en une sorte de liane qui s'enroule autour d'elle et l'immobilise dans une gaine de verdure. Moineau reprend son souffle. Il était moins une ! Une seule griffure empoisonnée de la

Harpie, et elle aurait été condamnée. Il n'existe aucun remède contre ce venin. La jeune fille se retourne pour découvrir à qui elle doit son salut. La première chose qu'elle reconnaît, c'est l'arc, puis, derrière, son propriétaire.

— L'arc de Llillandril ? Robin ! s'écrie Moineau en s'élançant vers le tireur.

Il s'agit d'un jeune homme athlétique dont les longs cheveux argentés dissimulent des oreilles en pointe, signe caractéristique des elfes d'AutreMonde, même s'il n'en a pas la couleur de peau. Né d'un père elfe et d'une mère humaine, Robin M'angil fut pendant quelque temps le petit ami de Tara avant que l'un et l'autre deviennent Guetteurs. Le demi-elfe fait disparaître son arc et ouvre les bras pour enlacer affectueusement Moineau.

— Merci ! Heureusement que tu étais là, lui dit Moineau. Quelle bonne surprise !

Cal se redresse et s'extrait avec difficulté des poubelles qui lui sont tombées dessus dans sa chute. Il aperçoit le demi-elfe. En d'autres circonstances, il aurait été content de retrouver Robin avec lequel il a partagé déjà de nombreuses aventures sur AutreMonde. Mais aujourd'hui, alors qu'il vient de se faire ridiculiser par la Harpie, son mauvais caractère prend le dessus.

— Bande de grouillots putrides, raclures de fange à Brrraaa ! Krakens myopes à l'haleine de mérou ! hurle la Harpie malgré le lierre qui lui recouvre tout le visage.

Robin ne fait aucun cas de ces injures. Il active le cristal qu'il porte à son poignet.

— Communication avec AutreMonde, Travia, Palais royal, Maître Chem, articule-t-il à haute et intelligible voix.

Son cristal se déploie en deux cadrans et la tête d'un dragon bleu apparaît dans l'un d'eux.

— Maître Chem ? Un Semchanach attend son billet retour pour AutreMonde aux coordonnées que je vous envoie. L'équipe Alpha était en difficulté, je suis intervenu.

— Merci à toi Robin, répond le dragon, mais n'oublie pas ta mission !

— Aucun risque, murmure le demi-elfe.

Le cristal se replie sur lui-même dès la fin de la communication.

— Quelle mission ? relève Moineau.

— Où est Tara ? se contente de demander Robin.

Moineau fronce les sourcils. Il n'est pas dans l'habitude de son ami d'éviter de répondre aux questions.

— Elle joue au basket avec des copains Nonsos, lui annonce-t-elle. Je la préviens que tu es là.

Cal les a rejoints, très vexé que leur ami ait dit à Maître Chem qu'ils étaient en difficulté.

— Qu'est-ce que tu as raconté ? La situation était parfaitement sous contrôle !

— Salut Cal, lui répond Robin avec un petit sourire narquois. Tu cherches à lancer une nouvelle mode chez les Nonsos ?

Cal réalise qu'il lui reste des détritus dans les cheveux. Il s'en débarrasse avec dégoût. Il aurait aimé en faire autant pour le ridicule.

— Regarde qui est venu nous rendre visite, s'exclame Moineau à l'intention de Tara qu'elle vient de réussir à joindre sur son cristal.

Robin passe derrière Moineau pour lui faire coucou.

— Robin ! s'écrie la jeune fille à l'écran. Pour une surprise ! Je croyais que toi et le reste de l'équipe Bêta étiez à la poursuite de Serena la Vampyr en Amérique centrale.

— Nous l'avons rattrapée et capturée il y a quelques jours déjà, annonce Robin non sans fierté, et elle a regagné sa cellule sur AutreMonde. Tu nous connais, avec nous les Bêta, ce genre de Semchanach n'est pas de taille.

Cal serre les poings. Robin n'est là que depuis quelques minutes et déjà il l'énerve prodigieusement. Depuis que son ami a obtenu de diriger sa propre équipe de Guetteurs, Cal trouve vraiment que Robin « se la joue » un peu trop. Le jeune voleur a beau savoir que Robin ne cherche qu'à impressionner Tara, c'est plus fort que lui : ça l'énerve. Peut-être justement parce que Robin cherche un peu trop à impressionner Tara…

— Tu tombes bien, continue Tara *via* le cristal, j'ai besoin d'aide. Pouvez-vous me rejoindre au terrain de basket ?

— J'arrive, répond Robin, avec l'empressement du chevalier servant. Moineau, peux-tu rester à surveiller la Harpie en attendant Maître Chem, s'il te plaît ? Toi, Cal, suis-moi !

— Quoi? C'est quoi ce délire! proteste le jeune sortcelier. Depuis quand tu me donnes des ordres?

Le regard du demi-elfe devient froid et perçant.

— Depuis que je suis chef d'une équipe de Guetteurs! dit-il d'une voix sourde. Lorsque Tara est absente, c'est à moi que tu dois obéir! Et si ça te pose un problème, tu peux aller pleurer dans les jupes de Maître Chem. Je suis sûr qu'il sera très réceptif!

Cal reste sans voix. Après tout ce qu'ils ont traversé ensemble, comment Robin peut-il se montrer à ce point supérieur? Très bien, il veut la guerre? Il va l'avoir. Cal lui répond par un grand sourire forcé.

— Un problème? Aucun problème. Allons retrouver Tara! Par le Transmitus!

Sa magie le fait aussitôt disparaître. Cal est content de lui. Il sera le premier à arriver au secours de Tara. Croit-il…

Lorsqu'il se matérialise sur le terrain de basket, c'est pour découvrir Tara… en compagnie de Robin !

— Mille Krakens déventousés ! s'écrie Cal. Comment a-t-il fait pour arriver ici avant moi ? Grrrr…

Il rejoint les deux autres sortceliers à contrecœur. Ses amis sont autour de Jérémy et Jordan, assis à même le sol, le regard vide et les membres étrangement étirés.

— Quand je les ai quittés pour aller prendre ma douche, explique Tara, les jumeaux étaient en pleine forme. À mon retour, je les ai trouvés ainsi.

— As-tu essayé de leur lancer un Reparus ? propose Robin.

— Bien sûr, répond Tara. Au moins cinq ! Sans résultat. Je les trouve même de plus en plus mous.

Elle lève le bras de Jordan qui retombe dès qu'elle le lâche. On dirait un morceau de caoutchouc.

Le demi-elfe essaie à son tour.

— Par le Reparus ! crie-t-il.

La puissante magie du demi-elfe s'échappe de ses mains et frappe les jumeaux dans un éclat de lumière verte. Ils ne bougent pas d'un cil, mais leurs membres se sont encore allongés de plusieurs centimètres. Ce qui fait ricaner Cal.

— Tu appelles ça un Reparus ? se moque le jeune voleur. Laisse faire un professionnel. Par le…

Robin l'interrompt aussitôt.

— Arrête ! Tu vois bien que ça ne sert à rien de s'acharner !

Cal interroge Tara du regard. D'un signe de tête, elle donne raison à Robin.

— Lui a le droit d'essayer et pas moi, c'est ça ? C'est bon j'ai compris, je suis de trop. Peu importe, de toute façon j'ai du rangement qui m'attend au vidéoclub. Par le Transferus !

Il disparaît.

— Qu'est-ce qui lui prend ? s'étonne la jeune fille.

Robin se contente de lever les épaules.

— Nous ne pouvons pas les laisser ainsi, décide Tara. Emmenons-les au Manoir.

Dans le vidéoclub où il travaille lorsqu'il n'est pas en mission pour Maître Chem, Cal essaie de s'occuper pour se changer les idées, mais c'est plus fort que lui, le jeune sortcelier ne peut s'empêcher de ressasser l'arrivée de Robin.

— Pour qui il se prend, cet elfe prétentieux !? « Ouh ! Regardez-j'ai-un-arc-et-des-flèches-je-suis-un-elfe-je-suis-très-fort-je-suis-très-beau-les-filles-sont-folles-de-moi-gna-gna-gna ! » Grrrr ! Et en plus il faudrait que je lui obéisse ?! Rien que de penser à lui, ça me met les nerfs en papillotes ! Pas toi ?

Cal se tourne vers son familier, Blondin, un magnifique renard au pelage ocre qui, assis sur son train arrière, regarde son maître s'agiter dans tous les sens. D'habitude un familier doit rester autour du cou de son sortcelier sous sa forme de collier, mais exceptionnellement Cal l'a autorisé à quitter son camouflage afin de pouvoir lui parler à voix haute. Ça le défoule !

Le renard pousse un jappement bref en guise de réponse.

— J'en étais sûr, se félicite Cal. Toi aussi, il te court sur l'asticot !

Soudain, l'attention de Blondin est attirée par quelque chose qui vient de pénétrer dans la boutique sans faire sonner la porte. Quelque chose… ou plutôt quelqu'un.

Le jeune garçon s'arrête net. Il vient de recevoir le message mental de son familier : il y a un intrus dans la boutique ! Cal se concentre. Tout en continuant à ranger les DVD sur les étagères, l'air de rien, il utilise tous ses sens disponibles comme il a appris à le faire à l'université des Voleurs Patentés du Lancovit. Au début il ne remarque rien, puis il perçoit un très léger bruissement près du comptoir. L'inconnu bouge avec une science du déplacement que seul un AutreMondien peut maîtriser. Un Semchanach ?

Cal se retourne d'un coup, armant un Assommus mais une odeur âcre le prend à la gorge, la tête lui tourne, ses yeux le piquent et il doit mettre un genou à terre. Il lance son sort malgré tout. Son attaque fuse dans la boutique renversant tout sur son passage, mais sans atteindre personne. Une forme bondit sur lui et le renverse, lui bloquant les bras. Cal essaie de résister, mais il se sent sans force. L'agresseur brandit sous son nez une sorte de racine dont les effluves agissent comme un somnifère.

— Qui… qui êtes-vous ? articule Cal avec difficulté, luttant pour ne pas sombrer dans l'inconscience.

L'agresseur se contente d'un rire un peu dément jusqu'à ce qu'il sente la mâchoire de Blondin se refermer avec force sur sa cheville.

— Ah ! hurle-t-il de douleur. Par les Crocs de Gélisor, lâche-moi, sale bête ! Par l'Assommus.

La magie sombre frappe le renard et le propulse à l'autre bout de la boutique.

— Blondin ! Non ! crie Cal qui, lié à son familier comme s'il était une extension de lui-même, ressent la douleur de l'animal. Arrêtez ! Ne lui faites rien ! Que nous voulez-vous ?

La silhouette encapuchonnée se tourne vers le Guetteur qui peut alors découvrir son visage.

Yeux de chat, oreilles en pointes, teint blafard… Un elfe !

— Je ne veux rien de toi, maudit Guetteur, gronde le Semchanach. Seul ton familier m'intéresse. Sa ruse en particulier…

Tandis qu'il s'évanouit, la dernière pensée de Cal est pour ces elfes, qui, décidément, semblent s'être ligués contre lui pour lui gâcher sa journée.

Chapitre 2
Deuxième attaque

— **V**olubilus ? Metaphorus ? Tourneboulus ?

Isabella Duncan tourne les pages du grimoire sans trouver ce qu'elle cherche. Tout le monde est réuni dans la plus grande pièce du Manoir Duncan, la bibliothèque. Jérémy et Jordan sont avachis sur des fauteuils. Manitou Duncan, qu'une expérience ratée a définitivement transformé en labrador, ne peut s'empêcher de mordiller les bras et chevilles des jumeaux aussi délicieux sous la dent que les jouets en caoutchouc dont sa nature canine raffole.

— Grand-Père ! Laisse-les tranquilles ! gronde Tara.

Pour des raisons de commodité, Tara appelle parfois Manitou « Grand-Père » même s'il s'agit en fait du père d'Isabella, son arrière-grand-père donc. C'est plus court et ça froisse moins la coquetterie du chien.

Ce dernier réalise alors qu'il est le centre de tous les regards.

— Désolé, dit-il en lâchant sa prise, c'est plus fort que moi. J'ignorais que ce fût aussi agréable de mordiller de l'humain… Il faudra que je teste le facteur après tout…

Il lâche le bras de Jordan qui reprend sa taille normale comme s'il était un élastique géant.

— J'y suis ! s'écrie Isabella en lisant. Molluscus Blocus, « variation du Reparus dont il augmente les effets, sort complexe réservé aux Hauts Mages ». Voilà qui tombe bien, je suis Haut Mage. Par le Molluscus Blocus, que ces deux Nonsos reprennent tonus et muscles, et ne ressemblent plus à des mollusques !

La magie se déploie en anneaux tout autour de Jordan et Jérémy et se referme sur eux dans une explosion de lumière violette. Dès qu'elle se dissipe, les membres des garçons ont repris une proportion normale. Ils se frottent les yeux comme s'ils s'éveillaient d'un mauvais rêve.

— Que faisons-nous ici ? s'étonne Jordan.

— Vous avez été attaqués et ma Grand-Mère vous a… hum… soignés, explique Tara. Que s'est-il passé sur le terrain après que j'en suis partie ? Vous vous en souvenez ?

Les jumeaux essaient de remettre de l'ordre dans leurs têtes.

— Oui, je me souviens… finit par murmurer Jérémy. Il y a cet homme qui a surgi sur le terrain, il avait de la lumière au bout des doigts… Il nous a traités de… ah oui, de « Nonsos ». Il y a eu comme un flash… puis plus rien.

— Tara ? Qu'est-ce que c'est un Nonsos ? demande Jordan.

La jeune sortcelière pousse un soupir. Jordan et Jérémy sont ses deux seuls amis à Rosemond High. Elle n'a aucune envie de leur mentir et rechigne à devoir utiliser sa magie contre eux. Moineau sent le trouble de Tara et décide de prendre les choses en main.

— Laisse, lui dit-elle, je m'occupe de les ramener et de leur faire oublier l'incident.

La magie de Moineau a vite fait de se saisir des deux frères et de les faire disparaître avec elle. Tara se tourne vers Robin.

— Je ne t'ai même pas demandé pourquoi Maître Chem t'a commandé de venir à Rosemond.

— Ah ? Parce qu'il me faut une raison officielle, maintenant, pour venir te voir ?

Robin est le premier surpris par ce qu'il vient de dire. Il tourne les talons et s'appuie contre le montant en pierre de la cheminée. Un feu magique s'y consume sans dégager la moindre chaleur. Un silence gêné règne quelques instants dans la bibliothèque.

— Par la barbe du Premier Sortcelier ! Que ces jeunes sont compliqués ! Viens, Papa, dit Isabella à Manitou, nous sommes de trop...

Dès que Isabella et Manitou ont refermé la porte, Robin se tourne vers Tara.

— Je suis désolé, je… ce n'est pas ce que je voulais dire.

— Ce n'est pas grave, ce n'est pas facile pour moi non plus, tu sais… Tu es vraiment venu juste pour me voir ?

Robin soupire.

— Non, je suis en mission à la fois pour le Conseil des Guetteurs et les services secrets d'AutreMonde. Mon père, T'andilus M'angil, arrive ce soir sur Terre incognito pour rencontrer un informateur qui aurait des renseignements importants.

— Des renseignements sur quel sujet ?

— Comme tu le sais, une grande partie de nos échanges commerciaux repose sur l'exportation de viande de vaches terriennes vers la planète des dragons. Il semblerait qu'une partie de ces stocks disparaisse au moment de leur transit sur AutreMonde. Cela représente des sommes importantes et met les nerfs des dragons à vif.

Tara ne peut s'empêcher de sourire en pensant aux dragons, ces créatures si puissantes et si intelligentes, mais complètement accros à la viande de vache, leur « péché mignon ».

— À la demande de ce mystérieux informateur, mon père vient seul, continue Robin, sans personne pour le protéger. Ma mission consiste à le devancer et à vérifier qu'il ne s'agit pas d'un piège. Et cette attaque sur tes amis ne me dit rien qui vaille…

— Tu crois que l'agression sur Jordan et Jérémy est liée à la venue de ton père ? s'étonne Tara.

— La coïncidence est troublante en tous les cas, murmure Robin, il faut que je redouble de vigilance !

— Nous sommes avec toi, bien sûr, pour te seconder dans cette mission.

Tara remarque la moue dubitative de son ami.

— Sympa, la confiance règne ! s'écrie-t-elle.

— Ce n'est pas ça, se défend Robin. Je sais que je peux compter sur toi et Moineau, c'est… c'est Cal. Je trouve qu'il ne prend pas assez ses missions sur Terre au sérieux. Il est vraiment valable en Guetteur ?

— Bien sûr ! dit Tara.

Elle connecte son cristal et appelle Cal.

— Tu vas voir, il suffit de lui expliquer l'enjeu

de cette mission et il sera le plus déterminé et efficace d'entre nous. J'ai une confiance aveugle en lui… Tiens, il ne répond pas… Son signal m'indique qu'il est pourtant au vidéoclub ! Bizarre. Allons le voir. Par le Transmitus !

Lorsque Tara et Robin se matérialisent sur le lieu de travail de Cal, ils ont pendant un court instant l'impression d'avoir atterri au milieu d'un champ de bataille. De nombreuses étagères ont été renversées ; des présentoirs sont éventrés et le sol est jonché de boîtiers de films.

— Cal a une notion très particulière du rangement ! ne peut s'empêcher de faire remarquer Robin.

Tara est la première à apercevoir leur ami, à moitié enfoui sous une pile de DVD. Elle se précipite.

— Cal ?! Pourvu qu'il respire toujours ! panique Tara.

Un ronflement sonore et peu gracieux se fait entendre.

— Je crois que tu as la réponse ! dit Robin en se moquant.

Tara, vexée d'avoir imaginé le pire, se met à secouer son ami pour le réveiller, mais celui-ci se contente juste d'augmenter le niveau sonore de ses ronflements.

Robin fronce les sourcils. Son odorat a repéré des effluves caractéristiques.

— Cette odeur… c'est étrange. On dirait du… du Cicalfa ! Il s'agit d'un puissant somnifère elfique. Voilà qui expliquerait la sieste profonde de Cal.

— Si Cal a été intoxiqué, il n'y a qu'une solution : par le Reparus ! incante Tara.

Sa magie entoure son ami qu'elle tient toujours contre elle. Cal ouvre un œil, voit Tara au-dessus de lui, croit à un rêve et essaie de se rendormir.

— Tara qui me fait un câlin ? articule-t-il tout

en se blottissant contre son amie qu'il prend pour un oreiller. Laissez-moi profiter de cet instant, que personne… ne… ne me…

Tara sent le rouge qui lui monte aux joues. Se retrouver dans cette situation est déjà en soi fort embarrassant, mais plus encore devant Robin. Elle se lève d'un bond faisant retomber Cal le nez dans les boîtiers de films. Cette nouvelle chute finit de réveiller complètement le garçon qui, remarquant la présence d'un Robin goguenard, comprend que cela n'a rien d'un rêve. Cal bondit sur ses pieds, les joues encore plus rouges que Tara.

— Alors, Cal, encore en train de te rouler par terre ? ironise Robin sans pour autant réussir à masquer une pointe de jalousie.

Cal essaie de se donner une contenance.

— Je ne me roulais pas par terre ! J'ai été attaqué par un elfe !

— Une nouvelle attaque ! relève Tara. Il y a toutes les chances que ce soit le même agresseur que pour les jumeaux. Que voulait ce Semchanach ?

Cal essaie de rassembler ses esprits.

— Il m'a dit vouloir la ruse de... Mille Krakens ! Blondin ? Où est-il ? Je ne sens plus sa présence ! Blondin !

Cal saute dans tous les sens, remuant tout sur son passage, rajoutant du désordre au désordre.

Robin pousse un soupir désabusé.

— Tu as laissé un Semchanach capturer ton familier ? Je ne le crois pas !

— Robin ! dit Tara pour qu'il n'en rajoute pas.

Trop tard.

— Ce n'était pas un simple Semchanach, s'écrie Cal, c'était un elfe... drôle de coïncidence, hein ? Tu arrives à Rosemond et paf, comme par hasard, un elfe nous attaque.

— Je t'ordonne de te taire ! gronde Robin.

— Tu ne m'ordonnes rien du tout ! Je n'obéis qu'à Tara, personne d'autre, pigé ?

Tara s'interpose.

— Et si vous baissiez d'un ton ?! Robin ? Inspecte le magasin, s'il te plaît.

L'elfe obéit et fouille les décombres avec précaution.

Tara se tourne vers Cal.

— Je peux savoir pourquoi tu es aussi agressif avec lui ?

— C'est un elfe, siffle Cal, et tout le monde sait que les elfes sont complètement imprévisibles, alors moi je dis : « méfiance ! »

La voix de Tara se fait plus ferme.

— Stop, Cal ! Je vais dire que je n'ai rien entendu ou que c'est la disparition de Blondin qui affecte ton jugement. Quant à Robin, s'il est un peu tendu, c'est qu'il est sur une mission très importante. Sois compréhensif et mets de l'eau dans ton vin, s'il te plaît !

Le jeune garçon reste un moment circonspect. Il jette un coup d'œil discret autour de lui à la recherche d'une éventuelle bouteille de vin avant de se souvenir qu'il s'agit d'une de ces expressions terriennes qu'il n'arrive jamais à mémoriser.

— Par ici ! appelle Robin après avoir dégagé un présentoir.

Cal court le rejoindre et découvre son familier gisant sur le sol, inconscient.

— Blondin ! Par le Reparus ! s'écrie-t-il aussitôt.

Au contact de cet influx magique, le renard ouvre les yeux et pousse un gémissement plaintif. Encouragé par les trois sortceliers, il se remet doucement sur ses pattes. Il y a comme un trou dans sa fourrure.

— Cette glaire de Troll de Semchanach a osé lui couper des poils ! gronde Cal.

— La force des Nonsos, les poils d'un familier, énumère Robin, il est clair que notre mystérieux agresseur collecte des ingrédients, certainement pour réaliser un sort… ou une arme peut-être.

— Toutes les personnes attaquées font partie de mon entourage, remarque Tara. Il se sert donc de moi pour arriver à ses fins ! Je n'aime pas ça du tout. Il faut vite découvrir qui il est, et surtout ce qu'il prépare.

— Nous devons surveiller toute la ville, déclare le demi-elfe. Il me faut un lieu d'observation, quelque chose en altitude. Ma vision elfique me permettra de déceler tout mouvement suspect.

— La tour de l'Ascenseur urbain dans le centre, propose Tara.

— Je vous y emmène, déclare Cal, qui ne veut pas être en reste, et après j'irai chercher Moineau ! Par le Transmitus !

La magie dorée de Cal fuse dans toute la boutique, mais au lieu d'emmener les trois sortceliers, c'est un quatrième qui apparaît, ballon de basket à la main.

— Qu'est-ce que je fais là ? s'écrie Moineau. Je m'apprêtais à marquer un panier !

— Oups ! fait Cal… Désolé je ne comprends pas, j'ai dû inverser… À la tour de l'Ascenseur urbain ! Par le Transmitus !

Cette fois-ci c'est lui qui disparaît… pour revenir deux secondes plus tard au-dessus du comptoir du magasin, la tête à l'envers. Le garçon retombe lourdement sur le sol.

— Aïe ! Qu'est-ce qui se passe avec ma magie ?

Robin ne peut s'empêcher de profiter de la situation.

— Cal ? Aurais-tu besoin de cours de rattrapage pour apprendre le Transmitus ? J'ai des adresses si tu le souhaites…

Le jeune voleur voit rouge.

— Des adresses ? j'ai réussi mon premier Transmitus avant même de savoir marcher et je…

— Justement ! Et si nous marchions un peu ? Je crois qu'un bol d'air frais nous ferait le plus grand bien. Allez, dehors ! intervient Tara avant que ça dégénère encore.

Cal quitte la boutique, vexé. Robin le suit en arborant un sourire hautain. Surpris de la violence de l'échange, Moineau regarde Tara qui ne peut que hausser les épaules dans un signe d'impuissance.

Chapitre 3

Enlèvement

L'Ascenseur urbain représente sans conteste la curiosité architecturale et touristique de Rosemond. Associant ascenseur et téléphérique, ce circuit de visite aérien au-dessus de la ville repose sur deux hautes tours, une dans le centre, l'autre en périphérie.

Telle une ombre, l'elfe renégat file le long de la passerelle menant au haut de la tour du centre-ville. Il s'arrête sous une trappe d'un local technique dont il désactive les protections magiques qu'il avait lui-même placées. Puis il se hisse à l'intérieur, et ouvre une mallette comportant trois compartiments vides. L'elfe sort de sous son manteau deux flasques. L'une contient un fluide coloré, l'autre du poil de renard. Il est pris d'un éternuement et manque de faire tomber les deux précieux objets.

— Par la Tiare de la Reine Noire ! jure-t-il ! Encore cette maudite poussière ! Grrr…

L'elfe sent la rage qui monte en lui : quelle honte d'être réduit à se cacher dans de tels endroits ! Lui, Evendor, le plus grand elfe-chasseur d'AutreMonde ! Mais l'heure de la vengeance approche enfin.

Il range les deux fioles dans la mallette.

— De la force de Nonsos, c'est fait ! De la ruse de renard… fait aussi ! Plus qu'un ingrédient et ma formule sera complète. T'andilus M'angil, profite bien de cette journée, car pour toi, ce sera la dernière !

Un signal sonore retentit. Evendor consulte le cristal qu'il porte autour du cou. Ce qu'il y lit le fait rire.

— Approchez, chers Guetteurs, approchez… et apportez-moi mon troisième et dernier ingrédient !

En contrebas, l'équipe Alpha accompagnée de Robin arrive au pied de la tour sans se douter du danger qui la menace.

La tension est palpable au sein du groupe. Malgré les efforts conjugués de Tara et Moineau, les garçons ne s'adressent toujours pas la parole. Moineau décide d'une nouvelle tentative.

— Vous voyez, nous n'avons mis que dix minutes…

— C'est déjà dix de trop. Et tout ça, grâce aux pitreries de cet incompétent ! dit Robin d'une voix froide.

Mais Cal est déterminé à ne pas s'en laisser conter.

— Eh bien ! Je plains Fabrice et Fafnir, dit-il, avec toi à leur tête, ils ne doivent pas s'amuser tous les jours.

— L'équipe Bêta n'a aucun problème avec moi. Fabrice et Fafnir savent que nous ne sommes pas sur Terre pour nous amuser, contrairement à toi ! s'emporte le demi-elfe.

— Arrêtez ! crie Moineau. À cause de toute cette tension, je sens que je vais me transformer.

Tara profite de la sortie d'un groupe de visiteurs quittant la tour pour pousser tout le monde dans l'ascenseur avant que Moineau ne révèle à des touristes naïfs qu'elle est la descendante de la Belle et la Bête et peut donc

devenir une créature de trois mètres de haut, tout en poils, cornes et crocs. Le silence est encore plus pesant dans cette cage d'ascenseur qui s'élève, d'autant que Cal ne semble pas vouloir abandonner la partie.

— Je ne vois pas pourquoi nous montons avec lui, dit-il en montrant Robin.

— Que dois-je comprendre ? demande le demi-elfe en serrant les poings.

— Que les elfes ne sont plus les bienvenus depuis que l'un d'entre eux s'en est pris à Blondin ! Robin-des-elfes !

— Oh et puis zut ! Je n'ai pas fait tout ce chemin pour me laisser insulter. Salut ! Par le Transferus !

Un flash de lumière verte plus tard, seuls restent les trois membres de l'équipe Alpha. Tara fulmine.

— Nous avions la chance d'avoir Robin avec nous sur cette mission et toi, tu le fais partir ! Félicitations, Caliban dal Salan.

La réponse du garçon fuse.

— Ne t'inquiète pas tant pour lui, Tara, Robin a l'habitude de se faire « jeter », tu es bien placée pour le savoir, non ?

Les portes s'ouvrent et Cal, comme pour fuir l'énormité de ce qu'il vient de dire, quitte l'ascenseur d'un pas très rapide. Tara voit rouge car Cal a touché un point sensible. Très sensible.

— Par le Bondus ! crie-t-elle en disparaissant.

Le sort de transport la fait jaillir vingt mètres plus loin pour couper net la course de Cal.

— Je n'ai pas « jeté » Robin ! Nous faisons… euh… une pause ! De quel droit tu te permets de nous juger ? ! Tu es jaloux ou quoi ? !

Un rugissement furieux dispense Cal de toute réponse. Moineau vient de se transformer.

— Par le sang de la Licorne ! Arrêtez ! crie Moineau, très impressionnante en bête. C'est n'importe quoi, ces disputes…

La descendante de la Belle et la Bête n'a pas le temps de finir sa phrase. Une flèche vient se planter juste à ses pieds. Tara ne doit d'échapper à un deuxième projectile qu'aux réflexes de Cal qui la plaque au sol.

Les trois amis aperçoivent alors la haute silhouette qui se tient à l'autre bout de la passerelle. L'elfe bande de nouveau son arc dans leur direction et tire. Même Tara, qui n'est pourtant pas née sur AutreMonde, sait que se retrouver dans la ligne de mire d'un elfe équivaut à voir ses chances de survie chuter à un niveau proche de zéro. Autant affronter un draco-tyrannosaure à mains nues. Les tirs se succèdent les uns aux autres avec une telle vitesse que l'équipe Alpha a l'impression que les flèches se dédoublent avant de pleuvoir autour d'eux, ou du moins… autour de Moineau. Des lianes en surgissent et font chuter la Bête avant de la ligoter entièrement. L'elfe pousse un cri de victoire et utilise un

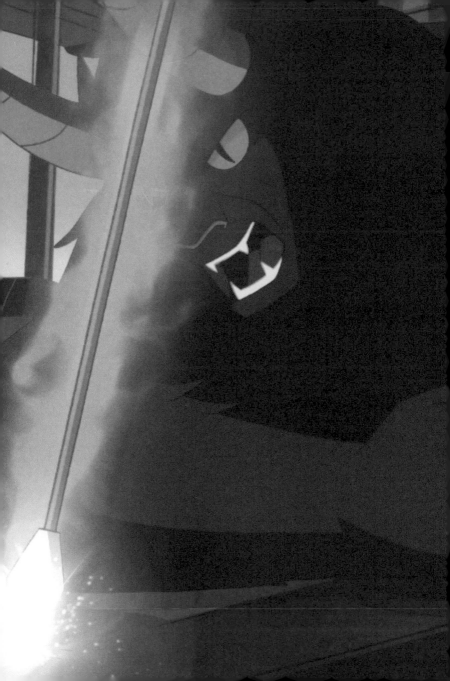

sort de transport qui le fait apparaître près de Moineau.

— Par le Levitus ! lance Cal.

Hélas, son sort passe complètement à côté de sa cible. L'elfe en profite.

— Par le Transmitus ! crie-t-il tandis que sa magie fait comme un halo autour de lui et de sa prisonnière.

— Par le Destructus, réplique Tara avec l'énergie du désespoir.

Elle a juste le temps d'entendre l'elfe pousser un cri de douleur au moment où il disparaît, emportant Moineau avec lui. Le calme revient aussitôt sur la passerelle. Cal et Tara échangent un regard abasourdi. Les deux amis peinent à réaliser que Moineau vient d'être enlevée sous leurs yeux.

Chapitre 4

L'arme secrète

Au Manoir Duncan, dans la grande bibliothèque, un conseil de crise réunit ce qui reste de l'équipe Alpha, ainsi que Isabella, Manitou, Robin et Maître Chem. Tara et Cal se taisent, ils se sentent coupables de n'avoir rien pu faire pour Moineau. Robin, quant à lui, se tient contre la cheminée, la mine renfrognée.

Maître Chem fait les cent pas dans la pièce, faisant grincer de son pas lourd parquets et boiseries. Manitou tourne sur lui-même, signe d'une intense réflexion. Seule Isabella reste imperturbable, toute à la tasse de thé qu'elle vient de se resservir.

— Un elfe Semchanach ! un elfe ! ne cesse de répéter le dragon. Et il a enlevé Moineau… le jour même de l'arrivée de T'andilus. La situation est grave, très grave…

— Il suffit de reporter la venue du père de Robin le temps que ce Semchanach soit démasqué et arrêté, propose Isabella d'une voix détachée.

— J'ai essayé, grommelle le dragon, mais le Conseil a refusé. Cette hémorragie dans les exportations de vaches terriennes est une priorité. Il y a peu de chances que cet elfe agisse seul. Qui sont ses complices ? T'andilus

doit rencontrer ce mystérieux informateur le plus vite possible.

— J'ai une autre solution : que les dragons deviennent végétariens ! propose la grand-mère de Tara d'un ton moqueur.

Le dragon ne prend même pas la peine de répondre.

— Il y a forcément un moyen pour retrouver Moineau, finit par dire Tara. Je vais analyser tous les indices dont nous disposons avec la Pierre Vivante. Par le Transferus !

Tara disparaît dans sa chambre. Le regard de Cal croise celui de Robin, lourd de reproches.

— Si j'avais été là, jamais cet elfe n'aurait osé vous attaquer, finit par dire le demi-elfe.

Cal ne répond rien mais il ne peut s'empêcher de penser que Robin a raison. Certes ses réflexes lui ont permis de sauver Tara, mais lorsqu'il a fallu attaquer le renégat, sa magie l'a de nouveau trahi. Il est grand temps de mettre sa fierté de côté. Il entraîne Maître Chem à part et fait signe au dragon de pencher son long cou vers lui. Il lui murmure à l'oreille ses déboires récents quant à l'utilisation de sa magie. Son supérieur écarquille les yeux.

— Que le Grand Frakk me croque ! Tu as perdu tes pouvoirs ! s'écrie-t-il.

— Chuuuuut ! fait Cal en battant des mains de peur que Robin l'entende. Le demi-elfe est sans cesse sur mon dos… et… je le trouve louche.

Le dragon fronce les sourcils et remarque alors les regards peu amènes que s'échangent les deux garçons. Chem esquisse un petit sourire, il pense avoir cerné le fond du problème. Il fait alors apparaître dans le creux de sa patte une petite bourse contenant des pastilles.

— J'ai le remède à ton souci, Cal. Ces pastilles sont des concentrés de magie qui viendront soutenir ou même remplacer tes pouvoirs chaque fois que tu en auras besoin. C'est un secret de dragon, n'en parle surtout à personne !

— Aucun risque ! répond le jeune voleur, trop heureux de cette solution miracle.

Robin, qui a tout entendu, se contente de lever les yeux au ciel puis incante un Transferus qui le fait apparaître dans la chambre de Tara… tout contre cette dernière, installée devant la Pierre Vivante.

— Oh ! s'écrient les deux jeunes gens, en reprenant chacun leurs distances.

— Dé… désolé… se met à bredouiller Robin, le rouge aux joues. Je venais juste t'aider… euh… je ne voulais pas…

— Ce n'est rien, dit-elle pour couper court à son embarras. Tiens, tu vas peut-être pouvoir m'aider. J'ai rentré tous les indices que nous avions dans la mémoire de la Pierre Vivante : la force des frères Cristov, l'échantillon de fourrure de Blondin, le Cicalfa, l'enlèvement de Moineau… mais tous ces éléments sont tellement différents entre eux…

— Bon, procédons par élimination, dit Robin : le Cicalfa, par exemple ! Son utilisation par le Semchanach nous apprend juste que c'est un elfe, ce que nous savons déjà. Enlève-le…

— Tu as raison… Voilà, je lance maintenant l'analyse.

Toutes sortes de symboles AutreMondiens défilent à toute allure sur l'écran jusqu'à ce qu'une équation magique apparaisse. Tara la décrypte à haute voix.

— La force d'un Nonsos, combinée à la ruse d'un familier auquel on ajouterait la colère d'une Nature Double comme Moineau, ça donne… Une arme hautement explosive !

Elle continue de déchiffrer la formule et pousse un ouf de soulagement.

— Heureusement, d'après la Pierre Vivante, elle ne peut pas percer les sorts de protection

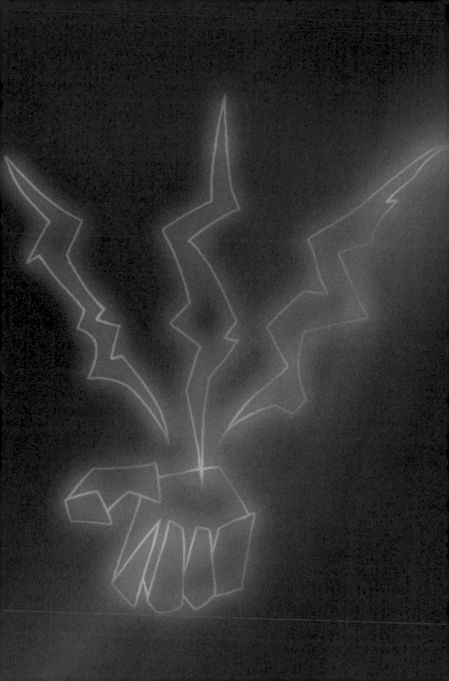

les plus sophistiqués. Ton père, par sa fonction, doit forcément avoir plusieurs boucliers magiques de défense en continu autour de lui. Il n'a rien à craindre.

— Je n'en suis pas si sûr…, murmure Robin. Regarde, Tara : nous avons oublié de rentrer un paramètre très important : la localisation. Par défaut la Pierre a choisi AutreMonde…

Robin se met à pianoter sur son propre cristal portatif qu'il connecte à la Pierre.

— … mais si on spécifie que l'arme sera utilisée sur Terre, là où la magie est plus diffuse que sur AutreMonde… voilà ce que ça donne !

Un symbole constitué de flammes et d'éclairs rouges occupe tout l'écran de la Pierre Vivante.

— Le mélange serait capable de traverser n'importe quel sort de protection magique, constate Tara, catastrophée. C'est l'arme idéale pour s'attaquer à un chef des services secrets d'AutreMonde de passage sur Terre.

Tu avais raison, Robin : c'est bien un piège qui est tendu à ton père !

— Nous devons absolument retrouver ce Semchanach avant que l'arme soit finie d'être assemblée ! Croisons les doigts pour que Moineau parvienne à lui résister suffisamment longtemps.

Tara esquisse un petit sourire.

— Je ne doute pas qu'elle parvienne à nous faire gagner un peu de temps. C'est une maligne…

La maligne en question n'en mène pourtant pas large. Emprisonnée dans un local désaffecté en haut de la deuxième tour de l'Ascenseur urbain, elle essaie sans succès de se libérer. Ses rugissements laissent son geôlier de marbre. Il fait les cent pas devant elle tout en essayant de s'appliquer un baume sur la blessure à l'épaule dont il espère stopper l'hémorragie. Heureusement pour lui, le Destructus de Tara ne l'a que frôlé.

Moineau reprend sa forme humaine et se débat pour arracher les lianes qui lui enserrent les pieds et les mains. Non seulement ces liens sont indestructibles, mais en plus ils annihilent une grande partie de sa magie. Seule sa capacité de transformation semble autorisée. Hélas, les lianes s'adaptent au changement morphologique de la jeune fille. Impossible de s'en défaire.

— Que voulez-vous de moi ? gronde-t-elle.

L'elfe se tourne vers elle. Ses cheveux gris coupés en brosse et sa barbichette affinent un visage déjà long et amplifient son air sournois.

— Pas grand-chose, juste quelques larmes de colère d'une Nature Double, voilà le dernier ingrédient dont j'ai besoin.

— Mes larmes ?! s'exclame Moineau. N'y pensez même pas !

L'elfe s'approche de sa prisonnière, sa voix siffle comme celle d'un serpent.

— Vraiment ? Si j'étais vous, je serais moins péremptoire. Vous êtes jeune et très sensible si mes renseignements sont bons.

— Je suis moins sensible que vous le pensez, réplique Moineau.

Evendor murmure alors à son oreille.

— Et si je t'annonce, fragile humaine insignifiante, que ma prochaine cible n'est autre que cette enquiquineuse de Tara Duncan. Tout le monde sur AutreMonde croit qu'elle est invincible grâce à ses pouvoirs, mais nous deux, nous savons que ta meilleure amie a des points faibles, n'est-ce pas ?

Moineau ne peut s'empêcher de déglutir avec difficulté : cette fois-ci elle n'a pas affaire à un simple Semchanach, stupide et borné. L'elfe semble particulièrement retors.

— Bien sûr, poursuit le renégat, votre indécrottable ami, ce Caliban dal Salan, se mettra en travers de mon chemin et donc subira le même sort. Qu'est-ce que ça te fait d'apprendre que tu seras bientôt la seule survivante de l'équipe Alpha?

Moineau tremble. Elle ne peut s'empêcher d'imaginer et de visualiser ce que le Semchanach est en train de lui raconter.

— Qu'as-tu à dire alors que je m'apprête à détruire ton petit monde?

— Je dis… je dis Shopping!

L'elfe ouvre de grands yeux.

— Pardon?

— Shopping, reprend Moineau, c'est mon mot magique! Je l'ai découvert en m'installant sur Terre. Quand je suis stressée et que je sens que je vais me transformer, je pense à un bon après-midi shopping et non seulement mes idées noires disparaissent, mais en plus ma Nature Double ne me pose plus aucun problème.

— Shopping? répète l'elfe.

— Shopping! Vous devriez d'ailleurs en faire un peu. Je ne veux pas critiquer, mais votre look laisse à désirer.

— Impertinente ! Tu devrais me prendre au sérieux. Je vais tuer tes amis, tu entends ? !

— Shopping ! répond Moineau.

— Ils vont souffrir affreusement ! renchérit l'elfe.

— Shopping ! continue Moineau de plus en plus fort.

— Je m'attaquerai après à tes amis de l'équipe Bêta : Robin, Fabrice, Fafnir !

— Shopping ! Shopping ! Shopping !

— Je… je pourchasserai tous ceux qui te tiennent à cœur… tes parents, tes cousins, tes grands-parents, ton familier, ton… ton ours en peluche, tout le monde, tu m'entends ? !

Moineau se contente de le regarder droit dans les yeux, puis lui dit d'une petite voix guillerette.

— Shopping.

Chapitre 5

Face à face

Tous les occupants du Manoir sont à nouveau rassemblés dans la bibliothèque. L'air se charge de particules et Maître Chem apparaît dans son tourbillon de lumière dorée.

— Impossible de prévenir T'andilus M'angil,

annonce le dragon. Il a déjà quitté AutreMonde par un réseau de portes de transfert secrètes et ne répond à aucun appel.

— C'est le protocole officiel dans les services secrets d'AutreMonde lorsqu'on doit rencontrer un informateur, soupire Robin. Pour retrouver mon père, nous n'avons maintenant pas d'autre choix que de suivre les pas de celui qui veut l'assassiner… et de la jouer fine.

Tara est admirative devant le sang-froid de Robin.

— J'y pense…, s'exclame soudain Robin en se tournant vers elle. Tu m'as dit l'avoir touché avec ton Destructus, donc il est blessé !

Tara comprend où veut en venir le demi-elfe.

— Et que font les elfes pour se soigner ? continue-t-elle.

— Ils utilisent la nature pour se régénérer, clament-ils en chœur.

Elle connecte immédiatement son cristal.

— La concentration d'arbres et de végétation

la plus proche est le parc de la ville. Il n'a pas le temps d'aller ailleurs !

— À vous de jouer, mes Guetteurs ! ordonne alors Maître Chem. Sauver T'andilus !

— Et Moineau ! rappelle Cal après avoir avalé discrètement une de ses pastilles.

— Par le Transmitus ! incantent Tara, Robin et Cal.

Deux flashes illuminent un court instant une partie déserte du parc. Seuls Tara et Robin se matérialisent.

— Où est passé Cal ? s'étonne Tara.

Pendant qu'elle connecte son cristal afin d'appeler son ami, Robin peste contre le jeune voleur.

— Encore à la traîne, celui-là ! Comment fais-tu pour le supporter ? Je ne comprends pas ! Sur AutreMonde Cal est un Voleur Patenté très doué, mais ici, en Guetteur, il se comporte comme un amateur !

— Tu sais ce qu'il te dit, l'amateur ? crie Cal qui a tout entendu à travers le cristal de Tara.

— Ne recommencez pas, tous les deux ! intervient aussitôt Tara. Cal ? Pourquoi es-tu dans ma chambre ? Et… qu'est-ce que tu manges ?

Cal cache aussitôt la bourse derrière son dos. Le Transmitus du jeune garçon l'ayant mené dans la chambre de Tara, il en déduit ne pas avoir pris assez de concentré de magie.

— Rien du tout, s'empresse de répondre Cal la bouche pleine, il y a eu comme une petite erreur de trajectoire, je vous rejoins. Par le…

— Non ! l'interrompt Tara. En fait, tu seras plus utile là où tu es ! La Pierre Vivante sera la première à repérer l'elfe dès qu'il activera sa magie pour soigner sa blessure. Installe-toi et mets les capteurs en marche…

— C'est déjà fait, l'interrompt Cal qui n'a pas perdu de temps. Et je peux vous annoncer qu'il y a une forte activité magique près du grand chêne au nord du parc.

— Séparons-nous et attaquons-le chacun de notre côté pour l'empêcher de fuir ! décide Robin avant de s'élancer.

Tara le regarde s'éloigner et incante un sort discret qui frappe Robin dans le dos sans qu'il s'en aperçoive.

— Dis, ma vieille, j'ai rêvé ou tu viens d'utiliser ta magie contre Robin ? s'étonne Cal.

— Il s'agit juste d'un Signalus, je ne veux pas faire la même erreur que pour Moineau. Si Robin est enlevé à son tour, nous pourrons ainsi le retrouver. Cal ? Tu restes devant la Pierre Vivante et tu nous préviens si les complices du Semchanach cherchent à intervenir.

— Oh, oh ! fait Cal, j'ai deux nouvelles présences à l'écran, ce ne sont pas à proprement parler des ennemis, mais tu ne vas pas aimer…

Un peu plus loin dans le parc, Sandra Leylock, la peste de Rosemond High, et son amie Livia se retrouvent nez à nez avec Robin qui manque de peu de les renverser. Les deux jeunes filles tombent aussitôt sous le charme du demi-elfe : les derniers rayons de soleil de cette fin de journée semblent s'être pris dans ses cheveux argentés faisant autour du jeune homme comme une auréole scintillante digne d'une publicité pour shampoing exotique. C'est plus qu'il n'en faut pour que les deux filles partent à l'assaut du bel inconnu. Les questions fusent :

— Bonjour, vous êtes de passage sur Rosemond ?

— Vous êtes perdu ? Vous avez besoin d'aide ? C'est quoi, votre petit nom ?

— Nous ne nous sommes pas déjà rencontrés ? On vous a déjà dit que vous ressembliez au petit copain de la chanteuse Madney Speer ? Vous habitez chez vos parents ?

Un temps surpris par l'effet provoqué, Robin ne sait pas comment se dépêtrer des deux pots de colle.

— Je m'en occupe, Robin ! Vas-y, file ! crie Tara venant à la rescousse de son ami.

Robin échappe à ses nouvelles fans en sautant à travers un fourré avant d'incanter un Transmitus qui le propulse à l'autre bout du parc, à quelques mètres du grand chêne. Un rapide coup d'œil lui apprend que le sort de régénération vient juste de se terminer ; quelques étincelles de magie courent encore le long du tronc d'arbre trahissant la présence récente d'un elfe, seule créature capable de puiser des forces dans la végétation. L'arc de Llillandril se matérialise dans son poing, et dans le mouvement Robin encoche une flèche. Il scrute les bois alentour à la recherche de sa cible, lorsque…

— Tu n'es pas assez rapide, Robin M'angil ! dit une voix derrière lui.

Robin se retourne, arc bandé, et se retrouve face à face avec le Semchanach qui le pointe aussi de son arc. Il le reconnaît.

— Evendor ! s'écrie le demi-elfe. Est-ce bien toi ? Pourquoi veux-tu tuer mon père ? Ton ami !?

Pendant des années, Evendor avait été le bras droit de T'andilus, son homme de confiance, celui qui pouvait s'acquitter des missions les plus difficiles.

— Mon ami, peste l'elfe. Quel ami ? Ton père m'a trahi en me renvoyant des services secrets du Lancovit ! Il doit payer !

— J'ai lu le rapport sur cette mission dans le désert de Salterens, proteste Robin. Tu as perdu ton sang-froid et à cause de toi des civils sont morts.

— Peuh ! fait l'elfe dans une moue dédaigneuse. Ce n'étaient que d'insignifiants humains ! Des esclaves, en plus !

Robin sait qu'il ne sert à rien d'essayer de raisonner un elfe sur la valeur d'une vie, qu'elle soit elfique ou humaine.

— Qui sont tes complices ? Pourquoi ce trafic de vaches terriennes ? demande-t-il.

L'elfe se contente de ricaner.

— Je ne te le dirai jamais, « Sang-Mêlé » ! Que faisons-nous ? C'est un bel arc que tu tiens là, mais crois-tu vraiment être plus rapide que moi ?

N'importe quel autre elfe aurait cédé à la provocation, mais l'éducation humaine de Robin lui permet de garder son calme. Un plan prend forme dans son esprit. Il baisse sa garde puis fait disparaître l'arc de Llillandril, se retrouvant ainsi à la merci du Semchanach.

Ignorant tout du risque insensé que prend Robin, Tara a fort à faire avec Sandra et Livia.

— Bas les pattes, Tara Duncan, menace Sandra. J'ai vu le bel inconnu en premier, il est pour moi !

— Non, c'est moi qui l'ai vu en premier ! s'écrie Livia.

— Désolée, les filles, il s'agit de mon ancien petit copain, et il s'appelle Robin.

La nouvelle fait l'effet d'une bombe et les deux filles restent bouche bée. Tara prend quelques secondes pour savourer son effet.

— À quoi joues-tu ? demande le Semchanach à son adversaire.

Contre toute attente, Robin lui tend la main.

— Laisse-moi t'aider, Evendor, propose le demi-elfe. Présente-moi à tes associés et je me joindrai à vous.

Evendor jette des regards rapides tout autour d'eux, redoutant un piège, mais personne ne semble arriver en renfort.

— Pourquoi devrais-je… hum… devrions-nous te faire confiance ? finit-il par demander.

— Parce que moi aussi, je veux me venger. Mon père ne m'a jamais respecté à cause de ma moitié humaine. La preuve : plutôt que de me prendre avec lui dans les services secrets, il m'envoie sur cette planète minable faire le chien de garde. J'ai d'autres ambitions dans la vie que de rester un vulgaire Guetteur. Mon père est depuis trop longtemps sur ma route, il faut que ça cesse. Aujourd'hui !

Evendor fait disparaître à son tour son arc.

— Seul un véritable elfe peut montrer aussi peu de compassion pour sa famille ! Tu me plais, Robin, et je trouve ta proposition intéressante. Jette ton cristal devant toi !

Robin brise le bracelet et jette la pierre à ses pieds. Un Destructus plus tard, le cristal n'est plus que poussière.

— Très bien, commente Evendor. Maintenant, essaie de me suivre, et on reparlera de cette association que tu proposes… petit « Sang-Mêlé » !

Evendor utilise un Opacus-Bondus pour prendre plusieurs dizaines de mètres d'avance et file à travers les bois à une vitesse surhumaine. Robin n'hésite pas et s'élance à sa poursuite après s'être appliqué un Opacus qui

le rendra invisible des humains. Le demi-elfe
jette toutes ses forces dans la poursuite. Il doit
réussir à gagner la confiance du Semchanach.
À tout prix.

Chapitre 6

Les masques tombent

La jalousie que Tara lit dans les yeux de Sandra et Livia a un petit goût de vengeance vis-à-vis de ces deux pestes qui ne pensent qu'à lui compliquer la vie à Rosemond High. Hélas, elle ne peut pas les laisser avec le souvenir d'avoir rencontré un elfe. Son Mintus frappe Livia puis s'attarde sur Sandra dont la résistance naturelle à la magie est plus importante. Les deux filles s'écroulent dans les bras l'une de l'autre tandis que la jeune sortcelière part en courant.

Joue contre joue, manquant de s'effondrer dans l'allée, Sandra et Livia reprennent leurs esprits.

— Hé ! Pousse-toi, tu colles ! crie Sandra.

— Et toi tu piques ! réplique Livia.

— Même pas vrai, menteuse !

Un Transmitus plus tard, Tara est devant le grand chêne du parc. Désert. Elle ramasse les débris d'un bracelet. Elle sent comme une grosse boule qui se forme dans sa gorge.

— Cal ? demande-t-elle d'une voix enrouée *via* son cristal.

Robin a disparu à son tour. Son cristal est détruit.

Cal sent toute la détresse de son amie.

— Pas de panique, ma vieille, dit-il. Il nous reste le marqueur magique que tu as eu la présence d'esprit de lancer sur Robin.

— Le Signalus ne marche que la nuit et il faut prendre de l'altitude pour pouvoir le détecter. Tu as toujours ton vieux coucou avec toi ? demande Tara.

Pour toute réponse, Cal sort de la poche secrète de son pantalon – une cache magique dans laquelle il peut ranger une foule de choses sans que ça prenne la moindre place, ni que ça pèse quoi que ce soit – une miniature d'avion rouge qu'il montre à l'écran.

— Fais chauffer le moteur alors, monsieur le pilote. J'arrive !

Le soleil se couche sur Rosemond. Deux silhouettes fantomatiques bondissent sur les toits, jaillissant entre antennes, cheminées et grues. Elles traversent la ville en un éclair. À aucun moment Evendor n'a réussi à distancer Robin. Le Semchanach cesse sa course en arrivant sur la deuxième tour de l'Ascenseur urbain.

— Bravo, M'angil ! dit Evendor. Tu raisonnes comme un elfe, tu bouges comme un elfe ! Suis-moi. J'ai quelqu'un à te présenter.

Dans le local désaffecté, Moineau voit apparaître son geôlier ainsi que – stupeur ! – Robin. La jeune fille écarquille les yeux.

— Robin, tu… tu es avec lui ? s'écrie Moineau, horrifiée.

Le demi-elfe ne prend même pas la peine de répondre et se tourne vers son nouvel associé.

— Evendor ? Veux-tu que je t'en débarrasse ? propose Robin en armant un Destructus dans sa main.

L'elfe s'interpose aussitôt.

— Tu es fou ! J'ai besoin d'elle… pour l'instant.

L'émotion est tellement forte pour l'héritière de la Belle et la Bête qu'elle se transforme. De grosses larmes de rage coulent de ses yeux :

Robin a trahi ! Le Semchanach profite de l'aubaine et à l'aide d'un flacon recueille quelques larmes de Moineau.

— Ah ! Des heures que j'attendais ces quelques gouttes ! Merci, M'angil. Tu es un associé très précieux. Surveille-la le temps que j'assemble mon arme. Et après tu la supprimeras !

Le soleil commence à disparaître derrière la ligne d'horizon. Un avion rouge, piloté par Cal, survole Rosemond et fait un bruit du tonnerre.

— Il fait assez sombre pour apercevoir le marqueur magique ! crie Cal à Tara.

Le jeune voleur est content de lui. Il a réussi quelques instants auparavant un Reformus sur l'avion miniature. Pour la première fois de la journée, il se sent enfin utile.

— Tu as raison ! lui hurle Tara. Par le Signalus !

Tara tend le bras en direction de la ville et sa magie fuse vers Rosemond, telle une onde.

La jeune sortcelière déplie son cristal et attend. Un point lumineux se met à clignoter sur un des cadrans affichant le plan de la ville.

— Là ! sur la droite ! indique la jeune fille au pilote.

Effectivement, Cal aperçoit un symbole AutreMondien qui tourne sur lui-même comme un fanion lumineux géant… juste au-dessus de la deuxième tour de l'Ascenseur urbain.

— Robin est là-bas ! crie Tara.

À l'intérieur de la tour, Evendor ouvre sa mallette et commence à mélanger les produits avec précaution. Robin s'approche près de Moineau qui a repris son apparence humaine.

— Toi… Robin… un traître. C'est un cauchemar…, pleure doucement la jeune fille.

L'elfe se contente d'un clin d'œil appuyé d'un petit sourire discret. Moineau ne comprend plus rien.

— Si tu n'es pas avec lui, pourquoi le laisses-tu faire ?

— Si je l'arrête maintenant, répond Robin en chuchotant, il refusera d'avouer où est le lieu de rendez-vous. Le risque que ses complices y attendent déjà mon père est trop grand.

— Terminé ! se félicite le Semchanach.

— Maintenant que nous avons l'arme, peux-tu me dire où tu comptes l'utiliser sur mon père ? demande Robin.

— T'andilus a rendez-vous avec son destin sur le quai 34 du port de commerce de Rosemond.

— Et tes complices, ceux du trafic de marchandises entre la Terre et AutreMonde, ils y seront aussi ?

— Quels complices ? demande Evendor en riant. Je travaille seul, j'ai toujours marché en solo. Je n'ai aucune idée de qui est derrière cette histoire de marchandises volées. Je m'en suis juste servi comme appât. Brillant, non ?

Robin serre les poings. Evendor les a menés en bateau depuis le début. Voilà qui change tout. Il profite que le renégat leur tourne toujours le dos et envoie un discret Transformus-Mouvus sur les lianes qui emprisonnent Moineau. Elles disparaissent.

— File rejoindre les autres… Dis-leur de se rendre sur le quai 34… Vous êtes le dernier espoir de mon père au cas où j'échoue ici. Par le Transmitus !

— Robin… non, attends…, proteste Moineau en disparaissant.

Seul avec le renégat, Robin prend une grande respiration, invoque mentalement l'arc de Llillandril qui apparaît au bout de son bras.

— Evendor ? appelle Robin en armant une flèche. Au nom du Conseil d'AutreMonde, tu es en état d'arrestation.

À l'extérieur, Moineau se matérialise au belvédère qui surplombe la ville. Elle hésite

à tenter un Transmitus pour retourner aider Robin lorsqu'elle aperçoit un avion qui se pose sur la route en contrebas. Elle en reconnaît aussitôt les occupants.

Le Semchanach reste impassible.

— J'aurais dû m'en douter, dit-il d'une voix sifflante, toujours le dos tourné. Un M'angil reste un M'angil ! J'y ai pourtant vraiment cru lorsque tu as proposé d'éliminer ton amie.

— C'était du bluff… Moineau était encore en vie, donc tu avais besoin d'elle. Je savais que tu ne me laisserais pas aller jusqu'au bout. Toujours avoir un coup d'avance sur son adversaire, voilà ce que mon père m'a appris !

— Pauvre glaire de Troll, c'est moi qui lui ai appris cela ! crie l'elfe en se retournant. C'est ma devise ! Tu en veux la preuve ? Tu vois cette arme…

Le Semchanach tient dans sa main droite une fiole contenant le mélange des différentes substances volées dans la journée. Elles forment comme un dégradé arc-en-ciel qui ondule.

— Pourquoi ne faire qu'une seule bombe quand on a suffisamment de matière pour deux ?

Robin remarque alors que son adversaire tient une seconde fiole dans son autre main, dix fois plus petite que la première et contenant le même liquide multicolore.

Evendor la lance sur Robin. D'instinct celui-ci fait disparaître son arc et concentre toute sa magie pour se protéger. La fiole se brise et explose, détruisant le bouclier de Robin. Le souffle le projette à l'autre bout de la pièce. La substance magique se reforme aussitôt en une boule d'énergie en suspension dans l'air et repart à l'attaque. Le demi-elfe a juste le temps de se relever, mais il n'a plus la force d'incanter un nouveau bouclier.

Robin M'angil ferme les yeux. Ses dernières pensées sont pour ses parents… et Tara.

Chapitre 7
Par l'Eternitas !

— **P**ar le Protectus ! hurle une voix féminine.

Robin rouvre les yeux. Tara vient de s'interposer. Le bouclier d'énergie de la jeune sortcelière résiste à l'attaque de la substance multicolore qui rebondit à l'autre bout de la pièce, prête à revenir à la charge. Evendor n'est plus là. Il en a profité pour s'enfuir.

— Par le Miniaturus ! crie Tara, donnant pleine mesure à sa magie.

Son attaque, d'un bleu incandescent, frappe la substance explosive qui se met à rapetisser jusqu'à devenir un minuscule feu follet qu'elle emprisonne dans une sphère d'énergie.

Cal et Moineau arrivent à leur tour dans la tour. Moineau consulte son cristal.

— De l'eau salée ! annonce-t-elle. Seule l'eau de mer peut dissoudre cette substance.

— Par le Levitus ! crie alors Tara, propulsant la sphère par une ouverture de la tour en direction de l'Océan.

— Quelle horrible chose ! s'écrie Moineau.

— Et ce n'était que le dixième de ce que mon père va subir ! grimace Robin. Quai 34, vite !

Les quatre amis lancent des Transmitus et réapparaissent sur un quai du port de commerce de Rosemond. À peine ont-ils fait un pas que des lianes translucides s'enroulent autour de leurs chevilles. Le quai est piégé !

Seul Cal, par un réflexe acquis pendant toutes ses années de pratique à l'université des Voleurs Patentés du Lancovit, évite ce guêpier en sautant sur une caisse puis attrape le crochet d'une grue qui le dépose à une dizaine de mètres de ses amis.

— Des mines végétales ! s'écrie Robin, qui sent sa magie le quitter au contact de la liane.

Il remarque alors que le quai est désert, contrairement à celui qui est de l'autre côté du port. Il y aperçoit la silhouette de son père, et au-dessus de lui, avançant le long d'une grue… Evendor ! L'attentat aura lieu sur le quai 35, non sur le 34. Evendor lui a menti ! Toujours avoir un coup d'avance sur son adversaire. Robin est accablé de s'être fait avoir.

— Cal ! s'écrie Tara. Tu es le seul à être encore maître de ta magie. Fais quelque chose !

Mais le jeune voleur reste pétrifié. Il a aperçu lui aussi la silhouette du Semchanach qui file vers sa future victime sur l'autre quai. Que faire ? Il n'a que quelques secondes… Un Destructus ? Trop loin. Un Levitus ? Idem. Vite une décision ! Tout va trop vite…

Trop vite… une idée folle lui vient et, d'un geste, il avale autant de pastilles que possible.

— Par l'Eternitas ! hurle-t-il en dernier recours.

Le sort interdit qui arrête le temps ! Seuls quelques Hauts Mages d'AutreMonde en sont capables.

— Un Eternitas ? ! s'étrangle Robin. Mais il ne sait même pas faire un Transmitus correctement ! Mon père est perdu !

— Cal, c'est interdit ! s'écrie Tara qui est bien placée pour le savoir puisqu'elle est la seule à avoir tenté malgré elle un Eternitas sur Terre, ce qui lui a valu quelques ennuis…

L'Eternitas n'est pas un simple sort qu'on invoque, c'est une construction mentale qu'il faut visualiser. Cal ferme les yeux et délimite dans son esprit un cercle géant autour de Rosemond. Il sent alors sa magie qui se met à bouillonner tout autour de lui comme un orage électrique. Il y a un flash puis… plus rien. Le silence. Absolu. Lorsqu'il ouvre les yeux, les vaguelettes dans l'eau du port devant lui se sont figées, ainsi que la mouette volant au-dessus d'eux. Le jeune voleur se tourne vers ses amis. Des statues ! Au loin, au bout du quai 35, Evendor est lui aussi immobilisé en train de lancer sa bombe sur T'andilus M'angil.

— J'ai réussi ! hurle Cal en bondissant de joie. Merci, Maître Chem, ces pastilles sont géniales.

Tout à sa joie, Cal entame une petite chorégraphie de la victoire avant de se rappeler qu'il a une mission à accomplir, d'autant qu'il n'a aucune idée du temps dont il dispose, ou plutôt de l'absence de temps. En passant devant ses amis, il ne peut s'empêcher de tirer la langue à Robin et de déposer un baiser bien sonore sur les joues de Moineau et de Tara.

Tout guilleret et chantant à tue-tête une chanson guerrière que lui a apprise son amie Fafnir de l'équipe Bêta, Cal arrive au niveau d'Evendor et T'andilus. D'une tape, il envoie valser la bombe dans l'eau du port où elle se dilue en grésillant. Puis il attrape le nez de l'elfe et le tournicote fermement dans le sens des aiguilles d'une montre. Il se tourne alors vers le père de Robin bien décidé à l'envoyer sous la protection du Manoir Vivant à l'aide d'un Transmitus.

Mais c'est déjà trop tard. Un cri retentit derrière lui. Le monde a repris son cours normal et Evendor se frotte son nez endolori. L'Eternitas est terminé !

Le cri d'Evendor se transforme en hurlement de rage lorsqu'il remarque ne plus avoir de bombe dans la main. Un long poignard la remplace aussitôt, poignard dont la lame jaillit vers la gorge de celui qu'Evendor tient, à juste titre, responsable de son échec : Cal !

Une courte épée s'interpose et repousse l'attaque. T'andilus M'angil a vite fait de jauger la situation et de se porter au secours de son sauveur. Evendor utilise sa magie pour faire jaillir son arc afin d'abattre T'andilus à bout portant.

Un autre archer est plus rapide que lui. La flèche de Robin se plante dans son épaule et se transforme en une énorme racine qui a vite fait de s'enrouler autour du Semchanach en lui laissant juste de quoi respirer.

— Beau tir, mon fils ! constate avec fierté T'andilus tandis que Robin, Tara et Moineau les rejoignent en bout de quai.

— Bravo, Cal ! s'écrie Tara.

— Alors ? Il était pas trop mal, mon petit Eternitas, non ? demande Cal faussement modeste.

Robin ne dit rien, mais lui tend la main. Son sourire parle pour lui. Cal la serre vigoureusement avant d'attraper le demi-elfe dans les bras.

— « Alpha + Bêta », c'est une formule qui marche non ? s'écrie le jeune voleur avant que Robin, gêné de cette manifestation virile, le repousse doucement, mais fermement.

— Robin, demande T'andilus M'angil, peux-tu m'expliquer ce qui vient de se passer... exactement ?

Une fois que le chef des services secrets du Lancovit a appris le piège qui lui était tendu, il se tourne vers Cal.

— Caliban dal Salan, je te dois la vie ! Un Eternitas ? Voilà un sort qui n'est pas à la portée du premier sortcelier venu !

— Ce n'est pas grand-chose, ne peut s'empêcher de répondre le jeune voleur. Je maîtrise l'Eternitas depuis si longtemps...

Tara lui envoie une petite tape sur la tête.

— On aimerait en dire autant pour la modestie ! plaisante Tara.

— Un Eternitas ? répète une grosse voix au-dessus d'eux.

Maître Chem vient de se matérialiser dans le ciel dans un tourbillon de lumière dorée. Encore un sort interdit utilisé par ses Guetteurs ! Le dragon pousse un soupir. Le Conseil va lui demander des explications. Une nouvelle fois.

— Hum… ainsi notre elfe Semchanach n'est autre que toi, Evendor. Qu'as-tu à dire pour ta défense ? demande le dragon.

Evendor se débat vainement contre cette gangue végétale qui l'emprisonne et le bâillonne.

— Rien ? C'est aussi bien ainsi, ironise Chem. Tu es en état d'arrestation et tu seras jugé pour trahison sur AutreMonde.

— D'après Robin et ses amis, Evendor semble n'être pour rien dans la disparition des denrées alimentaires à destination de la planète des dragons, fait remarquer T'andilus.

— Effectivement. Il n'y a derrière tout ça aucun vol et encore moins de conspiration. L'enquête a relevé une erreur de calcul de la part du cyclope responsable de la porte de transfert par laquelle ces exportations transitaient. Au lieu de les envoyer sur la planète des dragons, les vaches arrivaient dans les plaines du Mentalir sur AutreMonde. Ce sont les licornes, qui habitent cette région, qui nous ont prévenus qu'elles étaient envahies par des ruminants. Elles en avaient assez de salir leurs sabots dans leurs bouses, sans parler des mugissements qui perturbaient leurs discussions philosophiques et autres débats mathématiques. Quant à toi, jeune sortcelier, ajoute le dragon en se tournant vers Cal, je constate que tout est rentré dans l'ordre au sujet de ta magie.

— Grâce à vous, Maître Chem ! reconnaît Cal en lui tendant ce qui reste de pilules.

Je n'aurais rien pu faire sans vos concentrés de magie en pastilles !

— Vos concentrés de magie en pastilles ! ? répète Tara.

— Mais ça n'existe pas ! s'étonne Moineau.

Le dragon reprend le sachet et part dans un grand éclat de rire.

— Je ne vois vraiment pas de quoi tu parles, Cal ! Mais je te remercie d'avoir retrouvé mes pastilles au miel. Bonne soirée à tous.

Le dragon disparaît avec Evendor.

— Alors, ça veut dire que j'ai incanté un Eternitas… tout seul ?

Le jeune voleur a les genoux qui flanchent. Ses amis rient de bon cœur.

— Robin ? demande T'andilus. Veux-tu rentrer avec moi ? Je propose qu'on aille rassurer ta mère.

— Volontiers… mais…

Son regard croise celui de Tara et il s'arrête, interdit.

— Va profiter un peu de ta famille, lui dit Tara d'une voix douce. Il y a suffisamment de Semchanach dans la nature pour qu'Alpha et Bêta se retrouvent très vite.

— À bientôt, Tara, dit le demi-elfe.

Robin et son père disparaissent dans un flash de lumière verte. Tara plonge les mains dans ses poches et reste songeuse face à l'Océan. Cal met son bras autour de ses épaules dans un geste affectueux.

— Ne te fais pas de bile, ma vieille. Nous allons le revoir bientôt… très bientôt.

— Qu'est-ce qui te rend aussi sûr de toi ? s'étonne Tara.

Elle remarque que les yeux du jeune Voleur Patenté pétillent de malice.

— Je crois qu'il va venir très rapidement se plaindre auprès de toi à propos de… ceci ! Par l'Apparitus !

L'arc de Robin se matérialise alors et atterrit dans les mains de Tara, incrédule.

— L'arc de Llillandril ! Comment as-tu fait ? Robin ne le laisse jamais traîner…

— Je sais ! s'écrie Moineau. Tu le lui as subtilisé quand tu l'as pris dans tes bras, mais… je n'ai rien vu… Comment as-tu fait ?

— Un Voleur Patenté ne révèle jamais ses secrets.

Cal fait apparaître un feutre et dessine une tête de renard stylisée sur l'arc.

— … une petite griffe qui, à l'avenir, le fera réfléchir à deux fois avant de dire que je suis un amateur.

Les deux filles ne peuvent s'empêcher de rire en imaginant la tête de Robin la prochaine fois qu'il fera apparaître son arc et reconnaîtra la « carte de visite » du voleur.

Abandonnant l'arc à Tara, Cal s'éloigne dans la nuit en sifflotant.

FIN

Dans la même collection

1. **La sirène muette**

2. **Mes meilleurs amis**

3. **Le Sceptre caché**

4. **La Licorne décornée**

À paraître

Achevé d'imprimer en décembre 2010 sur les presses de DEDALO en Espagne
Dépôt légal : janvier 2011